KB079804

예수를 만나면 예수를 죽이고
권석우 시집

# 예수를 만나면 예수를 죽이고

권석우 시집

도서출판 청송재

# 예수를 만나면 예수를 죽이고

　호모 데우스! 언제부터 인간들이 신과 동격이었는지……. 신의 속성 중의 하나를 죽지도 못하는 관념으로 볼 수 있다면 인간은 오히려 죽을 수 있어 다행이다. 경망하게도 인간이 신이 된, 혹은 인간을 신으로 만든 종교가 기독교이고 불교이고 도교라고 한다면, 이슬람교도 예외는 아니다. 필자의 『선악과와 처녀 잉태』(청송재, 2023.2 출간)와 더불어 읽으면 좋을 것 같아 감히 제목을 위와 같이 정했으나, 원래 생각했던 제목은 "이 땅에 쓰이는 종교시"였다. 대부분 20~30년 전 삶의 중반에 쓰인 시들을 먼저 정리하여 이번에 내놓는다.

　제목이 다소 도발적이라 자서를 빌어 설명이 필요할 것 같다. 다석 유영모의 "없이 계신 하나님," 길희성 교수의 "하나님을 놓아주자" 등과 같은 표현은 우리가 축조하고 마음대로 "까불고 지친" 신 혹은 예수님과 부처님 등에 관한 선입견과 편견을 타파해야 한다는 취지의 표현인데, "예수를 만나면 예수를 죽이고" 또한 그러하다. 우리가 마음대로 생각하고 만들어 낸 신……. 우리나라의 "무심한 신" 등은 조금 다르지만, 서양의 "쓸모없는 신"(deus otiosus) 혹은 "게으른 신"은, 아퀴나스(Thomas Aquinas)와 쿠자누스(Nicolaus Cusanus)의 "숨은 신"(deus absconditus)을 필두로 매사에 휘둘리는 "불완전한 신"(Jon Levenson), "어디에도 없는 신", "이름 없는 신", 심지어는 카시러(Ernst Cassirer)의 "실패한 신"(deus occasionatus), 그리고 근자에는 신보다는 인간을 염두에 두고 하는 말이겠지만 하라리(Jubal Harari)의 "신을 넘어서"(outgrowing God) 또는 "호모 데우스"(homo deus) 등과 같은 발칙한 표현들도 신을 지칭하는 이름들과 관련된 말이었다.

"신성"(에크하르트), "신 위의 신"(틸리히), "창조력"(화이트헤드) 등으로 표현되었듯이 신을 우주 자체라 한다면, 나는 여기에 "진화하는 하나님", 즉 동양의 空에 상응하는 "생성과 변화의 하나님"이라는 용어를 덧붙인다. 히브리어로 야훼의 뜻이 "나는 나일 것이다"라는 말에 동조한다면 당연히 부처님 또한 진화하는 부처님이 되리라.

부디 자기가 만든 신이라는 관념에서 나아가, 알 수 없고 알아서도 안 되는 신의 개념으로 대부분이 명상시인 이 시집의 독자들이 나아가기를 소망한다.

2024년 2월
권석우

5

# 차례

## 제2부 불교시 편

## 제3부 죽음시 편

# 제1부 기독교시 편

## 살불살조(殺佛殺祖) 1

- 누가 내 모친이며 동생들이냐 하시고 …… 누구든지 하나님의 뜻대로 하는 자는 내 형제요 자매요 모친이니라(마가 3:33, 35) -


부처를 만나면 부처를
조사를 만나면 조사를
예수를 만나면
그 예수 죽여라


## 살불살조 2

- 내가 그리스도와 함께 십자가에 못 박혔나니 그런즉 이제는 내가 산 것이 아니요 내 안에 그리스도께서 사신 것이라(갈라디아 2:20) -


구하는 것으로만 채우지 말고
비우는 것으로도 채우지 말고
하느님 은총으로만 채우지 말고
오직 예수로도 꽉꽉 채우지 말고

아무것도 바라는 마음 없이
모든 것 하느님 전 상서
오직 예수로도 비우지도 말고

오직 예수하는 마음도 버리면
내 안에
그리스도께서 영원히 사시리라


## 살불살조 3


구세주에 대한 온갖 요구
투정과 삿된 생각 버리고
자기만의 주 버리고 나니
찾아오는 가벼움

그러나 하느님
여전히 멀리 계시고
구도의 길 끝없었다


## 살불살조 4


너를 만나면 나를 죽여라
그를 만나면 나를 죽여라
나를 만나도 나를 죽여라

## 살불살조 5

그러나
그 부처 장작개비로
그 예수 십자가로
벌써 죽이지 않았느냐?

다음에는 누구를 죽이겠느냐?
이제는 누구를 죽여야 마음이 차겠느냐?


## 살불살조 6

예수를 만나면 예수 또한 죽여야 하겠지만
무도한 인류, 벌써 죽였네, 방도가 없네
그러고도 부활과 영생을 바라고 꿈꾸다니
다시 죽일까 봐 오지 않는 속사정 모르고
저리로서 심판하러 오시리라 무서워
오늘도 찬송에 눈물에 울부짖음에
천국이 저희 것이라 구원 달라고
부끄러운 줄도 모르고

## 살불살조 7

속세를 다 버렸다
마음도 다 버렸다
그다음은 무엇을 버릴까?

그 무엇을 버려라 하는
그 마음도 버려라

## 권태 1

존재이신 신은
얼마나 지겨우실까?
끝도 없는 존재로
영원히 산다면


## 권태 2

불쌍하고 가여운 신
그렇게도 오랫동안
살아야 하다니


## 권태 3

신?
죽을 줄 모르는
위대한 바보

# 권태 4
- 폴 발레리에 의한 변주 -


빌어먹을 미래라니
죽지도 않는
영생이라니


# 권태 5
- 예수의 죽음 -


신이 죽지 않는다고?
내가 죽지 않았다고?

나도 죽고 싶다
나도 죽어야겠다
나도 혼자 사는 외로움 싫다
나도 영원히 사는 지겨움 싫다

그러나 이제
너희와 같이 되어
나도 기쁘나니
죽어서 행복하나니

# 신에게 올리는 말

### 1.

슬퍼하지 말아요
지겹게도 오래 살아
지지리 무심만 하여
색기도 부린 적 없고
죽어도 못 보았으니

그냥 한번 오셔요
여기 아름다운 땅 지구
오셔서 일할 생각일랑
접어두시고, 힐링하세요!

군림천하 접어두시고 다만
한 줄기 바람으로 오세요

### 2.

여기는 낭만의 공간
사랑과 전쟁이 있어

살육과 기만이 있어
남사스럽기는 하지만
그런대로 재미난 세상

무한우주 시공간 돌리고
돌리다 힘들어지시면
한번 오세요, 오셔서
함께 나눠요, 우리
부끄러움 버리고


3.

영생을 받은 것이
형틀이라면

가끔
느껴보아요
온갖 향기 내뿜는
지천의 풀잎과 꽃들
지상의 양식 위해
목 내미는 뭇짐승의
헌신을

그리고

들어 보세요
햇빛에 부서지는
연인들의 수런거림을

# 사도신경에 대한 변주

전능하사 천지를 만드신 하늘님을 내가 믿사오며 그의 아드님 한 분이신 우리 주 예수 그리스도를 내가 믿사오니 이는 다른 이들처럼 성령으로 잉태하사 누구나가 다 성스러운 여인들 중의 하나이신 동정녀 마리아에게 나시고, 본디오 빌라도에게 고난 받으신 것보다 같은 민족인 유대인에게 홀대를 더 받으사 십자가에 못 박혀 죽으시고, 장사한 지 사흘 만에 죽은 자 가운데서 다시 살아나시며, 하늘에 오르사 전능하신 하늘님 우편에 앉아 계시다가, 때로는 지옥에 내려가 불쌍한 이들을 구원하시며 저리로서 산 자와 죽은 자를 사랑하러 오시리라.

성령을 믿사오며, 거룩한 공회가 되도록 노력하는 교회와, 성도가 서로 교통하는 것을 믿사오며, 죄를 무조건 사하여 주시는 것과 몸이 다시 사는 것은 조금은 믿지 않사오니, 우리는 오직 영혼으로 영원히 사는 것을 주 안에서 믿사옵니다. 아멘.

# 불사를 거부함

1.

바보같이
한 번 죽지도 못하는
가엾은 신세라니

그 이름
신이라고 하였다


2.

영원히 사는 것 우리 원치 않사오니

주여
멸망의 무지개 비추어 주옵소서
묵시의 세계 허락하여 주옵소서
영생천국은 약속하지 마옵소서

우리는 이대로 살다가 죽으리니
영원은 주께서 홀로 받으시옵고
우리는 다만 흙에서 흙으로

흩어지는 존재 되게 하옵소서
강물과 바닷물 되어
흐르게 하옵소서
비천하고 낮아져
세세연년 천년만년
오로지 주님 한 분
찬양케 하옵소서

한 번 죽어서도
영원을 이룬
주여

## 무지개 단상 1

내 마음 무지개를 바라보면
한없이 뛰어올랐기보다는
나이가 드니 멸망의 징조로
보이기 시작합니다

조심해야 합니다
언제 무지개 뜰지

빨주노초파남보
그다음 색깔은
물색없는 멸망의
물색일까요?


## 무지개 단상 2

나는 너희를
사랑한 적도 없고
앞으로도 더 이상
사랑할 일 없을 것이다
나는 무소불위의 신

이승에서도 너희를
심판하리라


## 무지개 단상 3


말들이 많았습니다
몇 월 몇 일 몇 시 하늘과 땅 열리고
최후의 심판 일어나리니 때가 차면
천둥과 번개로 심판하시는 하나님이
세간에 말세를 가져오시나니 그분은
우리를 물로 멸망시킨 적도 있습니다

그래서 오늘 2011.5.21 저녁 6시를 기하여
해롤드 캠핑은 하늘로 들린다고 했습니다.
사람이. 무엇이 들린다는 것일까요? 귀신이?
예루살렘 시간으로는 저녁 6시
뉴욕과 서울에서도 시간은 흘러
동시다발적으로도 시차 순으로도
휴거는 일어나지 않았습니다.
다시 미루어진 10월 21일에도
휴거는 없었습니다.
징표를 원하는 시대는 사악한 시대이나
휴거는 언제나 일어나고 있었습니다

2010년 지구 하루 출산은 227,881명
하루 사망은 99,568명으로
날마다 휴거는 일어나고 있는데
왜 사람들은 해롤드 캠핑의 말을
못 알아듣고 있는 걸까요? 아니
해롤드는 자기 말이 무슨 말인지
알고나 하고 있기는 한 걸까요?

1994년 9월 6일 그가 예언에 실패했던 날에도
휴거는 있었습니다
놀라운 신의 축복입니다
우리는 어디서나 휴거를 하고 있었습니다


## 무지개 단상 4
   - 진실로 너희에게 이르노니 여기 서 있는 사람 중에 죽기 전에 인자
가 그 왕권을 가지고 오는 것을 볼 자들도 있느니라(마16:28) -


세상을 물로도
불로도 지울 수 있었다
그러나 이제 나
스스로 정한 재림의
그 약속 파기함은
물불 가리지 않는

파국 원치 않기에

사랑하는 마음 한량없기에
거짓말쟁이라 날 불러도 좋기에


## 무지개 단상 5


사랑한 적도 없고
앞으로도 더 이상
사랑은 없을 것이다

나는 무소불위의 신
이승에서도 너희를
심판하리라

# 십일조 명단


xxx xxx xxx xxx xxx xxx xxx xxx xxx

xxx xxx xxx xxx xxx xxx xxx xxx xxx

.............................................................

xxx xxx xxx xxx xxx xxx xxx xxx xxx


얼마나 많은 분들 천국 책에 이름을 올렸을까
세기도 벅차 무기명은 안 돼요, 실명을 밝혀야
복을 받습니다, 복을 마구 마구리 불려줍니다
열에 열을 더하여 되돌려 주는
수지가 무지무지 남는 십일조


좋겠다, 끼리끼리 천국의 사람들
구원열차 탑승권 소지자들

# 하느님은 누가 창조했을까?

많고 많은 세상의 모든 별들 창조하신 하느님
은빛 무리 성좌들 헤아리려면 수십억 년 모자라
수백억 나유타 무한광년하고도 더 걸리겠는데
하느님은 무엇이 갑갑해 또 세상을 만드시고
우리를 이 땅으로 자꾸자꾸 보내시는 것일까?

한두 번도 한두 명도 아니고
어느 한두 세월도 아니고

그런데 하느님은 어느 별 출신이실까?
그런 하느님은 또 누가 만드셨을까?

## 마리아의 고난

-보라 처녀가 잉태하여 아이를 낳을지니 그 이름을 임마누엘이라
하리라(이사야 7:14) -


가슴 가득 처녀 시절 요셉을 만나 행복했지요
마냥 부끄러운 마음 성혼례 날만 손꼽았지요
이제나 저제나 그 님을 향한 나의 마음은
일각이 여삼추, 하늘을 보듯 햇님 달님 보듯
부풀어 오르는 여인의 마음이었지요

그런데 어느 날 가브리엘 대천사 나타나
신탁이 내렸다고, 구세주를 품었다고

얼마나 당황했던가요?
처녀가 아이를 낳아도
할 말은 있다 하지만
난감했죠
왜 하필 나죠?

신내림은 아무한테나 오는 것인가요?
제 허락은 필요 없는 것인가요?
황홀하면 다인가요?
사람들은 모릅니다

그 많은 멸시와 천대 속에서도
가장 힘들었던 것은 요셉에 대한
죄송스러움이었지요

나는 예수의 어머니
그것 말고는 내세울 것도 없는데
사람들은 나를 성모라고 하는군요.

# 부활절 단상
- 불효자는 웁니다 -


아들아 너를 잃고 지나온 세월
살아도 산 것이 아니었다.
네가 가시 면류관 쓰고
내 품에 안겨 세상 하직할 때
훌쩍 다른 세상으로 갔을 때
내 남은 인생은 아픔이었다.
슬픔이었다.

죄송합니다, 어머님
못난 소자 때문에
겪으신 마음고생
살아있을 적
잘해드리지 못해
죽어서도 면구합니다
불효자는 웁니다.

괜찮다 아가야
미안해하지 말거라
많은 구비 돌고 돌아
우리 만나게 되는구나.

이렇게 만나면 되었다
죽음을 삶으로 바꾼
네가 아니더냐.
그동안의 회포를
부활의 기쁨 속에서
누리자꾸나.

그래요 어머니
이제 허락된 또 하나의 목숨
모두 어머님을 위한 삶이었으면 합니다.
몸 주신 아버님 또한 만났으면 합니다.
하늘과 땅들 열리고 뭇 천사 찬송할 때
다시 만나 슬픔 있어도 좋은 세상 이어가시지요.

# 불효자는 웁니다, 어머니

불효자는 웁니다.
세상 제일 불효는
부모 앞세워 가는
자식이라 들었는데
어머니, 먼저 떠난
불효자식 무어라
드릴 말씀 없습니다.
열 입이어도 할 말 없습니다
구세주도, 삼위일체신도 아닌
그저 사랑받는 아들이었지요

그러니 어머니 어서 오세요
여기 배고픔과 고통이 없는
저세상으로 오세요
영혼의 안식을 취하세요
여기 한가로운 천국에서
못다 누린 모자의 정을
밤새도록 소곤거리며

저의 참회를 받아주세요
나의 어머니

# 다윗과 밧세바

## 1. 밧세바의 통한

타는 듯이 바라보는 눈길
사랑은 욕정을 넘어
인간이 인간임을 알게 하시고
여호와는 나의 목자시니
사랑은 율법과 분노를 넘어
부족함이 없게 하도다

사랑으로 일생을 산 밧세바
사련이어도 마다하지 않는 사랑
사람은 사랑할 때 아름다우니
살아 지은 죄 무지 많아
죽어서도 영혼 남으리

## 2. 우리아의 죽음

나는 우리아, 사랑을 모르는 전사
다윗의 영광을 위해 아내 사랑
사람 사랑이라 저버렸던 자
누구든지 죄 없는 이, 이 여인을

돌로 치리니, 사랑을 몰랐던 나
죽어서도 평안하지 못하리


## 3. 다윗의 변명

기름 부음 받아 가이사 것은 가이사
하나님 것 빼고 나의 것은 나에게

허무와 방황으로 지내온 나의 중년
분노의 하나님 여전히 말 없으시고
사랑에 연연하는 인간의 욕정 어린
기도를 하나님은 들어주실 것인가?

죽음을 무릅쓴 나의 거대한 사랑
부정 탔지만 순수했던 나의 사랑
나 죽음을 청했어도 지은 죄 많아
죽음 또한 없으리니
죽어서 나 영혼 없으리라, 사랑 헛것 되리라


## 4. 노예들의 노래

노동과 노동으로 이어지는
우리들은 야훼 하나님의 종
무더위 속 성궤를 메고 가니
온종일 마음과 몸 타오른다

다윗의 죄와 예정된 회개 위하여
아무 죄 없는 우리가 이 고생이니
사랑과 율법과 정의의 하느님
그의 희생물이 된 것을
우리 마지못해 기뻐하리니


왕후장상의 죄는 죄가 아니고
힘없는 자는 언제나 죽게 마련이다


## 5. 야훼의 선포

너희들은 모른다.
나의 뜻이 얼마나
원대하고 굉활한지


나는 만군의 주 야훼
부족함이 없게 하리로다


[사무엘서에 나오는 밧세바는 다윗 왕의 부하 장군인 우리아의 아내로 다윗 왕에게서 솔로몬 왕을 낳았다.]

# 사람들은 나를 신이라 부르지만

- 예수의 고백 -


사람들은 나를 신이라 부르지만
나는 나를 신이라 칭한 적 없다
나는 나를 있게 하신 하나님께
영광 돌리고 찬송드린 것 말고
이룬 것 정말 하나도 없다
사람들은 왜 나를 독생자라
믿는 자 그들만의 유일신이라
신성을 모독하는 것일까?

만유의 주재자이신 하나님의
능력으로 나 죽은 자 가운데
다시 살아 하나님 품에 안겼지만
단 한 번도 나 아바 하나님과
동격이라고 내가 하나님이라고
욕되게 말한 적 없다

모든 것 하나님이 하신 것이다
나를 이 살벌한 십자가의 무게로부터 내려다오
나도 가끔은 피와 살 가진

한 부모의 아들, 한 여자의 지아비
아들딸들의 애비이고 싶다

# 오시리스 인자 예수님의 부활

신은 원래 죽지 않는 분이라 하는데
예수님은 어떻게 장사한 지 사흘 만에
죽은 자 가운데서 다시 살아나셨을까
죽음이 있었기에 십자가의 부활도
인류의 죄 사함과 구원도 있는 법
죽음이 없었다면 기독교도 없는 법
그러므로 예수님은 신이 아니시다
신이 아니시기에 인자 예수님은
예정된 계획에 따라 부활하셨다
하늘의 가없는 사랑으로

그 옛날 이시스의 사랑으로
부활한 오시리스처럼 우리들
다시 살아날 것을 믿는다.
예수님의 보혈의 은사
사랑의 핏 값으로

[오시리스는 이집트신화에 나오는 풍요와 저승, 그리고 부활의 신이며 그
의 아내가 지혜와 전쟁의 여신 이시스이다.]

# 나를 믿으면 꼭 천당 가는 것 아니다

- 주여 저의 믿음이 지옥 가지 않으려는 믿음이면 저를 지옥의
유황불에 던져주시고 (아빌라의 성녀 테레사의 기도) -


예수 천당 불신 지옥
나 믿으면 다 천당 가는 것 아니니
나보고 주여 주여 하는 자마다
천국에 들어갈 것이 아니고
아버지의 뜻대로 행하는 자들이라고
내 마태를 통해 말하기도 했건만
사람들은 왜 내 말을 씹는 것일까?
믿음은 믿음이고 천당은 천당이다.

요한의 믿음대로
영생을 얻으면 좋으련만
나는 그런 말 한 적 없다
그런 말 그만 들었으면 한다.

나의 말
감히 못 믿겠으면
성경을 제발 살펴 읽어라.

# 십자가에 대한 단상

1.

이미 예정된 사건에 유다는 왜 그 허물 뒤집어쓰고
신을 죽였다는 엄청난 공포로 저렇게 매달려 있을까?


2.

너희들은 내가 가롯 유다의 밀고로
십자가에 못 박혀 죽은 줄 아느냐?
나의 죽음은 하늘이 마련하신 것
태초부터 예정되어 있었던 것

굳이 따지자면 나를 밀고한 것은
이스라엘과 온 유대의 족속이니
그를 그만 형틀에서 내려 주거라
십자가는 내가 지고 갈 것이니


3.

사람들은 말한다
저 한 사람 아담의 죄 때문에

죽음이 우리 안에 들어왔다고
그러나 그 때문에 우리는 또한
구원받지 아니하는가?

타락이 없었으면
구원도 없는 법
구세주도 없는 법

죽음 구원 없었다면
하나님은 또 얼마나
심심하셨을까?


4.

사람들은 말한다, 재림의 예수님을
그러나 예수를 죽인 인류가 아니던가
재림하시어 세상교회에 옳은 소리하면
또 십자가에 매달아 죽일 터인데
차마 어찌 두 번 죄를 짓게 하실까

하나님이 세상을 이처럼 사랑하사 독생자를 주셨으니
그를 다시 십자가에 매달기는 한 번만으로 족하느니

# 하나님 협박하기 1

세상 만물의 주재자여
온 우주의 창조자이시여
간구하는 제 목소리를 들으사
하찮은 기도라도 응답해주시고
하나님 전에 바치는 물질의
열 배에 달하는 축복을 주옵소서

바라옵기는
제가 하는 모든 일들
성령님께서 주관하여 주시옵고
은혜 주시는 보혜사 성령님 붙드사
만사형통하게 하소서

그러나 그리 아니 하실지라도
언제나 어디서나 넘치는 은혜
감사드립니다. 그 모든 것
제가 믿기 때문입니다!

## 하나님 협박하기 2

때가 차매 우리를 올려주신다고 하셨으니
하나님 믿으면 하늘나라 간다고 하셨으니
안 올려 주시면 안 보내 주시면
불같은 화를 낼 것입니다


## 하나님 협박하기 3
　- 내게 구하라 내가 열방을 유업으로 주리니 네 소유가 땅끝까지
이르리로다 (시편 2:8) -


땅끝까지 이르지 않으면
물러 달라고 할 것입니다
이제까지 믿은 것

## 하나님 협박하기 4

- 보라 지금은 은혜 받을 만한 때요 보라 지금은 구원의 날이로다
(고후 6:1-2) -


내 기도들 들어주소서
은혜 안 주시면 삐질 것입니다
구원 안 해주시면 삐칠 것입니다


## 하나님 협박하기 5

- 우리가 우리에게 죄지은 자를 사하여 준 것 같이 우리 죄를 사하
여 주옵시고(마태 6: 12) -


우리를 죄악으로부터 구원하기 위해
몸소 십자가에 매달려 돌아가신
예수님의 가없는 사랑과 은혜로 비옵나니

우리를 용서하여 주십시오
비록 우리가 우리에게 죄지은
우리의 이방인과 이웃을
용서하지 않을지라도
십계명 6조를 어겨
사람을 죽일지라도

# 하느님도 무심하시지

불평하지 말라
무심하시니까 하느님이시다
편들었다가는 큰일 난다
안 그러시면 큰일 난다

세상의 온갖 질병과 환난
전쟁의 질곡과 사망의 권세
모두 인간이 할 나름이다
하느님하고는 상관없는 일이다

주 너희 하나님의 이름을 망령되이
부르지 말지니 이는 십계의 제3이라

## 신인동형설의 오류 1

하나님의 형상대로 창조되었다고?
꿈 깨어라, 너희 교만한 인간들이여
자만하지 말라, 칠거지악의 으뜸이다
사탄도 그러다가 땅속으로 추락했다

너희들은 나를 누구라 생각하느냐?
너희들은 너희들
나는 나다


## 신인동형설의 오류 2

- 너희 율법에 기록된바 내가 너희를 일컬어 신이라 하였노라 하지
아니하였느냐? 성경은 폐하지 못하노니 하나님의 말씀을 받은 사람
들을 신이라 하셨거든(마 10: 34-35) -


너희가 신이라고?
우리가 신이라고?
지나가는 개도 웃을 일이다

## 의인 1

나는 아니라고
이브가 꼬드겨
먹어 본 것이라고

먹어서 좋았다고
인류의 탄생이었다고

## 의인 2

나는 아니라고
하나님의 뜻을 어긴 자들은
하느님을 이긴 이스라엘인들이었다고
보편을 말하는 가톨릭교도들이었다고

의인은 없나니
하나도 없나니

# 쩨쩨한 하나님이라고?

1.

내가 믿는 자 너희만의 하나님이라고
그럼 불신자들은 누가 만들었을까?
마귀와 귀신도 창조한 나 여호와니라

너희들이 나를 믿으면 너희를 구원한다고
언제 내가 너희들한테 그런 말을 했을까?
너희들이 나를 믿어 주어야만 구원하는
나를 아버지라고 불러 주어야 구원하는
나는 그렇게 쩨쩨한 하나님이 아니다
나의 사랑은 가없어 잘났거나 못났거나
모두를 생각하고 사랑하는 하나님이다

하물며 너희 인간들도 제 자식들을
차별 없이 사랑하려고 노력하는데
마음대로 안 된다고 내치지 않는데
열 손가락 깨물어 아프지 않은 사랑인데
나 여호와가 보기에도 좋은 사랑인데
내가 너희를 차별하여 벌준다고?
지옥의 유황불에 태워 죽인다고?

기가 막혀 말이 안 나온다

나는 만물의 조물주이신 하나님
너희들 모두의 창조주이시니라
나의 권세를 너희들이 무시하느냐?


2.

못나도 내 자식 잘나도 내 자식이다
나를 아비라 부르지 않아도 내 자식이다
아비라 부르지 않으면 내 자식이 아니라는
생각은 너희들 생각이다, 착각이다, 오만이다
너희들이 나에게서 나의 자식들을 빼앗아 가느냐?
그러고도 나의 어린 양들이라 말할 수 있느냐?

천지현황 사해구주
나는 만물의 창조자 하나님
내 앞에서 내 자식들을 흉보지 말라
그들이 지옥 간다고 말하지 말라
누가 누구를 지옥 보낸다고 말하느냐?
너희들이냐? 너희들이 항차 무엇이기에
내 자식들이라 말하며 나를 핍박하느냐?

나는 나이니 앞으로도 나일 것이니
창조주 나의 품으로 돌아오지 않는

탕자는 없느니라


3.

주일은 하나님의 날이니 교회에 꼭 와야 한다고?
아파도 교회는 꼭 와야 업어서라도 와야 한다고
오는 길에라도 죽으면 이보다 더한 광영 없다고
교회 아니면 구원이 없다고

너희들은 나를 누구라 생각하느냐?
내가 과연 교회에만 서성이겠느냐
나는 나였고 나이고 나일 것이니
나는 어디나 어느 때도 있는 하나님

내가 존재하지 않은 적 한 번도 없었고
내 손길이 미치지 않은 곳 하나도 없나니

나를 전능한 신이라 생각하면 감히 나를
너희의 말과 잣대로 재단하지 말지어니

나는 무소불위의 하나님이다

## 영생

*- 내 생각이 너희의 생각과 다르며 나의 길과 너희의 길은 다르나니(이사야 55:8) -*

내가 너희에게 영생을 준다고?
너희들이 감히 영생을 바라느냐?

뭐 좋다고
신과 같이 되기를 바라느냐?

## 언제까지 매달아 놓으려는가

나처럼 팔 벌리고 못 박히어 한두 해도 아니고
2023년 매달려있는 자 과연 그 누가 있을까?
앉지도 눕지도 않아 수천 년의 장좌불와
나의 죽음에 대해 한 마디 말한 적 없고
분에 넘치는 기대와 평판 그냥 멋쩍었다

나를 밀고했다고 되어 있는 가룻 유다는
무슨 죄 그리 많아 만고의 악인이 되고
나의 죽음을 원했던 유대인 랍비들은 곱을 더해
유대인 학살을 일으킨 장본인들로 저주를 받으니
이것이 사랑의 전도사 내가 원했던 일이었을까?

항차 너희들이 대관절 무엇이기에
그는 이미 충분한 속죄를 하였는데
이미 십자가의 사랑으로 용서받았는데
지옥 운운하며 증오 장사를 하고 있는가?
증오의 화신으로 내가 남아야 하겠는가?

모든 것 하나님의 뜻이었는데
엘리 엘리 라마 사박타니
애원하고 간청해도 일어날 일이었는데

십자가의 종교는 그로 인해 일어났는데

이제 그만 나를 십자가에서 내려다오
남 탓하는 십자가의 고통과 안쓰러움
이제 그만하고, 용서하라 용서하라
내가 너희들을 용서하고 사랑하였듯
유다도 이제 그만 편히 잠들게 하라

이제 나도 땅으로 내리어
편하게 눕고 싶다

# 신성모독

예수께서 뉘 집 자손인지 뭐가 그리 중요할까?
아담에서 노아로 유다로 그리고 히스기야로
다윗과 솔로몬에 이르기까지 왕손이라는데
그래서 나사렛 고향을 등지고 베들레헴으로
편도로 산길 230킬로, 걸어서 반 달 거리를
호구조사를 하러 가셔서 말 구유간에서
태어나셨다는데

한없이 낮아지신 하나님의 아들 주 예수가
어디서 태어났건, 유대인 누구의 손자이건
그분은 우리의 주 삼위의 성자 예수
감히 인간의 혈통으로 모독하지 말진저
화 있을진저

## 당신들이 말하는 천국에는 가지 않겠다


설령 이러한 나의 말이 지나치게 교만하여
당신들의 마음 상하게 할 까닭도 없었다고
아버지의 나라에 초대는커녕 지옥 간다고
나를 경멸할 수 있겠지만, 그래도 나는
너희들의 천국에는 가지 않겠다

말로는 그중에 제일은 사랑이라 외치면서
돌아서기도 전 온갖 구설로 사람을 흠잡고
사람을 시기하고 이교도들 핍박하여
사랑을 실천하지 않는 너희들의 천국
나는 가지 않겠다

유황불의 고통 감히 내 알지 못하나
지옥의 온갖 고문 내 알지 못하나
무섭고 두려운 것 사실이나

차라리 나는
지옥으로 가겠다
너희들의 천국 가지 않겠다

# 이상한 족보 1

기원전 4004년 10월 23일 오전 9시
땅과 하늘이 생기고 난 한참 후
아담은 가인과 아벨을 낳고
가인은 아벨을 쳐 죽이니
아담은 셋에서 에노스를
에녹은 므두셀라에서 라멕을
노아는 셈과 함과 야벳을
(중간 생략)
(너무 많아 또 중간 생략)
아브라함은 이삭과 이스마엘을
이삭은 에서와 야곱을 낳았느니라
그 후로는 간단히 말할 수 없는데

그런데 하와의 후손들은
웅녀와 소서노와 야소다라와
요석공주와 세상의 여자들은
모두 다 어디로 가버렸을까?


[창세 일시 기원전 4004년 10월 23일 오전 9시는 17세기 캠브리지 대학의 부총장 라이트풋(John Lightfoot)의 계산법이다.]

# 이상한 족보 2

아브라함과 다윗의 자손 예수 그리스도의 계보라
아브라함은 이삭을 낳고 이삭은 야곱을 낳고
야곱은 유다와 그의 형제들을
(중간 생략)
다윗은 우리아의 아내에게서 솔로몬을 낳고
솔로몬은 르호보암을 낳고
(중간 생략)
히스기야는 므낫세를 낳고 므낫세는 아몬을 낳고
(중간 생략)
맛단은 야곱을 낳고 야곱은 마리아의 남편 요셉을 낳았으니
예수께서는 아브라함으로부터 42대이더라

이런 모든 것들이 다 모든 소용이 있을까?
그는 나사렛 예수 삼위의 성자 하느님일 뿐
더 무엇이 필요할까, 인간이란 족속은

# 비유가 아닌 사실

마음이 가난한 자는 복이 있나니
이는 천국이 저희 것임이요
마음이 가득 찬 자는 배도 부르니
이는 부와 명성이 저희 것임이라.
오늘도 우리는 기도와 강론 속에
망해야 할 세상을 말하지만, 그러나
세상은 말세 아닌 적 없었다
이때 하나님의 영광을 보았던가
그라나다에서 내리시는 목사님은
야훼가 이끄시는 구름의 광휘를
대기업 속에서 하나님의 유업을
수백만 백성 가운데서 택하신 백성을
가난하지만 부자인 사람들을 보았는가?

오늘도 진실로 내가 주님을 믿사오니
부유한 마음으로 드리는 이 물질이
더욱더 불어나 부족함이 없게 하소서
하다가 그는 잽싸게 교회 밖으로 나간다

벼락은 어디에 떨어지고 있을까? 천국의 문은
낙타가 바늘귀로 들어가는 것보다 어려우니

너희들 말고도 하늘로 들어 올 자 많느니라
너희들, 독사의 자식들아

# 무심의 하나님

그리 책임져주시지 아니하실지라도
복 많이 주시지 아니하실지라도
감사해요, 주님 뜻을 알기 때문이죠.
곳간 가득 채워주시지 아니하실지라도
십일조 열 배로 백 배로 되돌려 주시지
아니할지라도 언제나 어디서나
감사와 은혜 넘치고 넘치나이다
무심한 하나님

# 사랑의 교회

예수천당 불신지옥
사랑한다고 차라리
말을 하지나 말든지

# 하느님 전 상서

그동안 기체후일향만강하옵신지요
그동안 보살펴주시는 은혜 하해와 같사옵니다
욕망의 덩어리로 뭉쳐있어 짜증 내고 불평하는 제가
미거한 제가 다만 이렇게 글월을 올리는 까닭은
세상의 온갖 대소사를 온통 주관하시는 하느님
올릴 소청이 있기 때문이옵니다

이제는 그만 시기와 질투와 전쟁과 죽음의 하나님 대신
사랑과 은혜와 평강의 주님 주시기 원하기 때문입니다
하느님 이제는 다른 하나님을 우리에게 보여 주십시오
다른 이 찍어 누르지 않아도, 불신지옥 말하지 않아도
모든 이를 사랑할 수 있는 그러한 하나님
심판도 묻지도 따지지도 아니하고 그냥
웃어주시는 하나님 주시옵소서
섬겨 살기 원이옵니다

말로는 이웃을 정녕으로 사랑하지 않는
기독교는 참 기독교가 아니라 강변하지만
자식 사랑하는 것조차 제대로 못 하는
못난 우리들인데, 말만 그럴싸한 부모인데
이웃을 사랑한다는 것, 너무나 너무나

힘 드는 일이지만 그러나 신의 명령
이웃을 사랑하라는 말씀 너무 좋아
가끔 교회도 나가보기도 하니

하느님 우리에게
이쁜 하나님 주세요
좋은 하나님 주세요

# 태양계의 하나님

- 타화자재천에 관한 상념 -


너무 그러지 마라
하나님도 가끔 실수하실 때가 있다
하나님도 가끔 주무시기도 하시고
가끔가끔 등이 가렵기도 하시고
가래에 기침을 하기도 하신단다
성질나면 노여워 천둥을 치시고
살심이 일면 벼락도 때리신단다
그리고 회개도 하신단다

가끔 마음이 좋다가도 악해지면
하나님으로 태어난 운명 서러워
선악 꼭 있어야 하는 세상 서러워
뭇생명들 보기 창피하고 안쓰러워
스스로에 머리를 숙이기도 한단다

그분을 만드신 우주 권세
못내 야속하시기도 하단다


[타화자재천(他化自在天), 화엄불교에서 말하는 28천 중 욕계의 6욕천의 6
번째 하늘. 조물주와 창조주가 거하는 하늘이며, 그 위로 색계와 무색계의
22하늘이 있다.]

# 겸손

주 하나님을 통하여서도
천지의 창조주이신 하늘님
영광을 받으시옵길
바라옵고 바라옵나니

애초에 세상에는
개신교도 불교도
천주교도 이슬람교도
존재하지 않았으니

# 유월절

너희들은 그렇게 살지 말아라
나처럼 인간을 죽이지 말고
처음 난 것들 나귀건 노새건
죽이지 말고 이쁘게 살아라
쳐 죽이고 깨부시는 것만
능사가 아니란다.
나의 잘못이었으니
때늦은 나의 참회를
너희들은 듣고 있느냐

슬퍼말아라
사악하기도 선하기도 한 신을
너희들 태양계 지구의 신으로
점지한 것이 너희들의 운명
그러나 조금은 미안하다
너희에게 나의 성품
그대로 물려주어서
원죄와 죽음 물려주어서

미안하다 태어나게 해서
힘들게 살아가게 해서

그러나 나 너희들 지구인들의 조물주
진화의 위대한 과정 모두 마치고 나면
그동안의 잘잘못 끝이 안 보여도 용서하라
다시는 고통과 죽음과 슬픔이 없는
배고픔도 추위도 서러움도 없는
좋은 세상 너희에게 선사하마

이것은 우리들 신들의 약속
파멸과 창조의 무지개
온갖 색깔들에 걸고
이 맹세 기필코 지키마

## 하늘님이 인간에게

미안하다
너에게 생명과 영혼을 주어
쌀 도둑이라는 이름을 주어
생명 도둑이라는 이름을 주어
죽고 죽이는 세상을 주어

# 인간이 하늘님에게

용서합니다
하늘님이시여
모든 것을 주관하시는
우주의 창조자이시며
세상 만물의 조물주시여

비록 당신이
온갖 살육과 전쟁과 고통의 입안자이어도
하시는 일 아프고 슬프지 않은 것 하나 없어도

우리는 당신을 용서합니다.
그것 또한 우리에게 주신
당신의 능력이기에

# 예수님 계신 곳

석가고 마호메트고 공자고 노장이고
구원은 오로지 예수님에게만 있다고
경건하게 말씀하시는 목사님
어쩌면 아무렇지도 않게
예수천당 불신지옥을 외치는
청량리역 전동차에 올라탄
댕기 멘 빛나는 광신도를
닮으셨을까?

세종대왕께서는 그리고
우리의 선현과 조상들은
지금쯤 어디에 계실까?
그리고 지금도 열심히
악업에 빠져 지옥에 떨어진
중생을 구제하시는 예수님은
지금 어디쯤 계실까?

지옥은 지금쯤 이미
천국이 되어 있을까?

# 기도

하늘을 찬양하여 삼세의 빛이신 신을 기리며 하찮은 나를 고백하는 시간 나는 죄 없으니까 이번 기도는 꼭 들어주어야 해요. 기도가 틀렸어도 더 많은 기도 필요해도 이번에는 꼭 들어주어야 해요. 한량없는 복 주시고 아들딸 잘되게 해주시고 부모님도 편안하게 해주시고 알고 있는 주변 사람들 무탈하게, 세상도 무조건 잘 돌아가게……

알고 보니 욕심 덩어리였네. 신도 기체후일향무량만강하신지 물어보지도 않고 오늘은 어떻게 기분이 좋으신지 묻지도 않고 그저 잘되게 해달라는 몰염치 무릅쓰고 오늘도 무사히 무사히만, 곳간을 채워주시면 더욱 좋고.

오늘도 수많은 이들 기도 세례 퍼부었으니 피곤도 하시겠다. 안 들어주면 난리 나겠다.

제2부 불교시 편

# 설악 미륵봉 금강굴 단상

항상
무엇을
바라보고 있는가

움직이는 물상들
바라보고 있는가?

가까이할 수 없어
눈물 흘리는 부처여

당신이 가져왔던 길
애달파서 그러는가

흐르는 눈물에 끊어진 절벽
눈물 흘리고 있네

# 설악 미륵봉 금강굴 단상
- 30년 후에 -


도를 닦는 것은 얼마나 허망한 일인가?
좌선 30년 주야장천 눈물 마르지 않아
천장과 벽을 타고 감로수 되어
속세를 흐른다

무엇이 달라졌는가
무엇을 깨달았는가

간절한 염원 담아 하늘 품은
빽빽한 법등, 지전으로 수놓아
속세의 간절한 염을 담아
동굴 안 물들이면

보이지 않는다, 새벽빛
마등령 나한봉 거쳐,
금강문 거쳐 신선대

보이지 않는다
천화의 용화 세상

# 경주 남산 석불좌상

나처럼 못생긴 부처도
한나절 되살아 남아
지나가는 길손에게
한마디 전할 수 있을까?

목 있는 부처만 아니라
목 없는 부처도 부처다
세상천지가 다 부처이다
몸통만 남아 뒹굴며
서 있어도, 누워 있어도
못나도 다 부처인 기라
부처 아닌 것 없는 기라

내 목을 자른 아이들도
얼마나 못났으면
남들이 높아지라고
그리 했것나?

어쩌다가 몸통만 남겨놓아
그들의 목 걱정하게 될 줄
알아서 그리 했것나?

# 불국사 무설전에 서서

석가여래는 간 곳 없고
약사여래만 덩그러니
법당을 지키고 있는

설한 적도 없고
설한 적이 없으니
부처도 부처가 아닌 법
부처는 원래 없는 법

## 우리들의 영혼


희유세존이시여 우주에 펼쳐져 있는
항성과 행성과 위성과 혜성의 숫자는
갠지스 강의 모래알보다 더 많습니다
마찬가지로 우리들의 영혼들 또한
항하사보다 밤하늘의 별보다
더 많습니다

수많은 생명들
먹고 마시어
서쪽 하늘 채웠기 때문입니다

# 위대한 열반

- 법정 스님의 유언 -


나 죽으면
관도 짜지 말고
사리도 줍지 말고
그냥 가게 해 다오

폐암이 걸려
산소 호흡기로
가는 나의 마지막
특별할 것 없다

부처께서도
쉰 죽을 먹고
가셨으니

# 연좌(宴坐)


이승 인연 끊으면 해탈하는 것일까요
추측만 무성한 일대생사 놓아버리면
성불하는 것일까요?

번뇌가 반야일 텐데
번뇌가 없으면 해탈도 없으니
번뇌로 열반에 들어야 하느니
돌고 도는 축생과 아귀 지옥
수라의 육도윤회 아름답지 않은지요?
천년만년 그냥 흐르면 안 되나요?

그러므로 우리 놓고 가지 맙시다
추위도 배고픔도 슬픔도 없는 세상
청정법계 그 세상 가지 맙시다.
버리지 맙시다, 한 많은 이 세상

저승 가서도 끝까지 살아남아
이승에서 못한 것들 되새기며
환장할 환생 준비합시다

비록 우리가 태어나

혹 무간지옥 다시
헤매게 될지라도

# 하든 말든

- 윤회의 변 -

꼭 해탈해야 하는가?
이토록 정감지게 살아
색 성 향 미 촉
오감의 기쁨 즐겨보고
안 이 비 설 신 의
육근의 즐거움 누려보고

꼭 해탈해야 하는가?
하는 그 마음도 접고
하든 말든

하든 말든 하는
생각이 해탈이라는
그 생각도 접고

하든 말든

# 영생, 또는 윤회에 관한 사변

나 살아서 지은 죄 많아
죽어서도 지긋지긋하게 ㅣ
영혼 많으리

윤회에 윤회 거듭하여
나 영생하리라
귀신 되리라

그러나
엄청 지겨우리라
스스로 무서우리라

# 호넨존자(法然尊者)를 생각하며
## - 교토 기온인(至恩院)에 서서 -

### 1.

인간은 얼마나 하찮은 것이냐?
긴긴 세월 남의 살로 연명하여
온갖 신행과 구업 일삼아 이제는
죽을 날 받아 참회라고 하면서
고작 곡기를 끊는 것밖에 없으니

다시는 태어나지 않아
영원한 죽음 누리리라


### 2.

용서하라
그가 할 수 있는 것이란
먹지 않고 죽는 것뿐이었으니

그러고도 그가 여기 기온인
정토에 묻힐 수 있었던 까닭은
그동안 섭취한 생명의 원력이니

법장보살의 간절한 46서원이니
그를 위해 기도하는 대중들의
간절한 바람이니

바람 부는 기온인
유골 품은 돌무덤
살포시 미소 짓는다


[호넨(法然 1153~1212)은 일본 가마쿠라 시대 정토종의 개조. 교토의 기
온인에 그의 부조탑이 있으며, 그의 제자로 우리에게 알려진 정토진종의
개조인 신란(親鸞 1173~1262)이 있다.]

# 지옥에 간 호넨존자(法然尊者)

1.

한평생 참회하는 마음 지키려 했으나
잘되지 않았다. 더러 그런 마음으로
모든 것이 내 탓이라 내 탓이라
달래도 보았으나 소용없었다

무슨 면목으로 저승에서
이제 하늘 천주 바라볼까?
일생에 쌓은 신업은
수미산을 넘어가니
삼천대세 덮으니
내 탓이요 내 탓이요
부끄럽고 부끄럽다

2.

나 살아 먹은 것 많아
죽어서도 내 영혼 남아
무간지옥 불에 펄펄펄
타오르리

태우고 태워도 남아
재로 변하지 않는 미안함
살가운 몸뚱이로 남아
머리 숙이고 또 숙이리
다시 기온인에서

곡기를 끊은 이들이 어찌 법연 그뿐이랴
남의 갈빗살 뜯을 때마다 부끄러웠다
말만 살은 나를 먹이는 몸들에게 미안했다
목숨 바쳐 사람들 살리는 소며 돼지며
무와 배추와 온갖 푸성귀와 새싹들
그들에게 미안했다. 얼마나 더 살아야
나는 살기를 그칠 수 있을까

얼마나 더 죽고 살아야
나는 태어나지 않을까?

# 호넨존자를 다시 기억하며

### 1.

나 이제 돌아가리
벚꽃 피는 사월이 오면
매일매일 아우성치는 밥주머니도
온갖 잡설을 참지 못하는 입술도
하루하루 멎을 것 같은 심장도
곡기로 연명하는 비루함 따위도
벗어 던지고 여위어 떠나면

가기도 잘도 간다
서쪽 나라로

### 2.

모든 은원을 벗으리라
욕망도, 부처님도, 영생도

버리고 나면 찾아오는
영혼의 중량은 가벼움

3.

영생은 얼마나 끔찍한 것인가?
놓으면 이렇게 가벼운 것을

# 신들도 외로울 때가 있다


세세연년 오래 살다 보니
남은 것은 지겨운 것뿐
영생을 누가 좋은 것이라
말했을까?

우리도 가끔
외로울 때 있다
외로워 울 때 있다

그러나 이렇게 많은 생명들
수없이 죽어 우리와 살게 되는구나
팔만사천 겁 윤회를 거쳐 수많은
죽음으로 다시 태어났구나

그대들과 함께하면
외롭지는 않겠다

# 신장 위구르

배움의 세계는 끝이 없으니
죽어 저승에 이르면 얼마나 많은
배움 또 다른 나 기다리고 있을 건가

불회(不回)의 타클라마칸
천산과 곤륜은 하염없어
온갖 슬픔의 천산남북로

떠나는 낙타는
말이 없다

# 성불

- 청화 스님을 기리며 -


자식도 버리고
부모도 버리고
부처도 버리고
그래야 했을까?

야소다라와 요석공주
힐난은 밤을 새우고

장좌불와 좌탈입망
앉아서 사는 것일까?
앉아서 죽는 것일까?
부처님도 편안하게
누워 돌아가셨는데

깨달은 사람들은
깨달은 것 하나 없이
온 곳으로 가셨는데
다시 오는 길 잊어
한 번도 되돌아오지
않으셨는데

# 청화 스님을 따라 간 서옹 큰스님을 생각하며

진리는 이미 선포되었고
불국토는 이 땅에 와 있다
오고 감을 상관치 않는다 하시니
좋지 아니한가 우리 사는 이 땅

다만 떠날 때 모습 여전 생각하는
사람의 욕심 아직 벗어나지 못하니
그것만이 한스러울 뿐이로다

# 운문 선사의 깨달음

하느님이 창조주임을 알면
부처의 경지에 이르리니
해가 떠도 달이 떠도
날마다 날마다
좋은 날들이라!
봉! 할!

# 인연은 많을수록 좋다
- 사람의 원수가 자기 집안 식구이라(마태 10:36) -

사랑도 가족도 다 버리라니
사랑하는 가족이 원수라니
제 십자가 지지 말라니

인연은 많을수록 좋다
그 사랑 하나라도
이루어졌으면

그것으로 족할 뿐이다
사람은 한이 많아도 좋다

# 비구 법장 윤회의 변


개똥밭에 굴러도
번뇌의 세상 좋으리라
번뇌가 부처이니
윤회 그치지 않으리라
살 받기 주저치 않으리라

뭇 생명
부처가 될 때까지
끝없이 생명 받으리라
세세연연 행복하리라


[비구 법장은 석가세존의 전생으로 알려져 있기도 한데, 화엄종의 법장 스님과는 다른 사람이다. 우주의 모든 생명이 성불할 때까지 본인이 이미 부처의 경지에 이르렀으나 윤회하기를 그치지 아니한다는 법장의 서원으로 유명하다. 이는 보살사상의 핵심이 되었다. 보살은 도를 닦는 존재라는 범어 "bodhisattva"의 음역이다.]

# 보살의 서원

무슨 까닭으로 혼자서 부처가 되어
세상을 여읠까? 혼자서 부처하면
외롭고 슬프리라, 부처하지 않으리라
지구 끝까지 환생에 환생 거듭하여
세상 다하는 날까지 목숨 보태어
자비로 난 생명에 생명 거듭하여
사랑하리라 사라지기 반복하리라

비록 우리가 죽는다 해도
언제 다시 태어나 그대에게
이를지 우리 아무도 몰라도

나는 태어나기
그치지 아니하리라

# 점오점수

나 같은 필부에게는
끝없는 공부와 깨달음
잘잘못에 대한 분별이
죄의 고백이 있을 뿐

돈오건 돈수건
다 남의 말이다

# 출가

사바세계의 소리가 들렸습니다.
아우성치는 소리 절규하는 소리
슬퍼서 우는 소리 괴로웠습니다.
그래서 세상을 떠나려 했습니다.

도망가는 것인 줄은 알았지만
버릴 가족에게 못할 일이었지만
어딘가 한 곳에 꼭 숨어버리면
그 소리 안 들릴 줄 알았습니다.

그러나 그 소리 더욱더 들렸습니다.
범종과 법고, 목어 소리, 운판 소리
귀를 때렸습니다.

속세이건 아니건 세상은 늘
그 나물에 그 밥이었습니다.
변한 것은 하나도 없었습니다.
변한 건 오직 저 하나뿐이나
저도 변했다고 감히 말할 수
없는 것 같습니다
출가는 아무나 하는 거
아닌 것 같습니다.

# 무문관 수행

꽃들이 피어나고 있다
내공을 키우지 않아도
열공 거듭하지 않아도
단전호흡에 위빠사나에
참선정진 매달리지 않아도
부동삼매 이루지 않아도

긴긴 겨울
몸도 닫고 마음도 닫고
콧구멍도 기관지도 숨구멍도
음식구멍도 일언이폐지하고

단지 꽃 대궁 그 피부만으로
그 어렵다는 귀식호흡만으로
긴긴 겨울 버티어내다가

봄이 오면 화들짝
꽃잎을 피워내는
떨기떨기 수많은

우리 곁에 머물다
오가는 부처님들

# 무금선원 무문관 해제

생사를 어떻게 초탈할 것인가?
눈 밝은 납자는 침묵에 들었다
그러나
생사를 초월해 무엇 할 것인가
그건 그 후의 일이라며 애써
눈을 감아 외면해보지만
그러나
생사를 초월하는 것 무엇인지
이렇게 밥 먹고 똥 싸고
오매불망 90일 도 닦고 나오니

너무 좋다
생사고 깨달음이고
세상이 좋다

## 법화경 소회 1

중생이 이미 부처라고들 말하나
중생이 부처였던 적 별로 없었다.
시기하고 질투하고 미워하고 후회하고
그렇게 살다 갈 인생이 아니더냐

나는 한 톨의 진리 설한 적 없으니
중생이 부처라고 말한 적도 없으니
중생이 이미 부처인지 아닌지
나는 알지 못하노니

그냥 살다 가는 거다

수보리여
나는 한 마디 설한 적이 없도다


## 법화경 소회 2

모른다
모른다
수보리야

수보리야

나는 설한 것도 없고
공덕을 쌓은 것도 없고
깨달은 것도 없느니라

세상은 늘 화엄불광의 불국토였고
극락정토 아니기에 정토이니
하늘님의 나라 이미 임하셨으니

불생불사이고 아니고
생사여일이고 아니고
삶도 죽음도 모르나니

우리는 깨달을 것 하나도 없이
그냥 태어났다 가는 것일 뿐

무엇이 아귀이고 축생이고
지옥인지 나는 알지 못하노라

# 법화경 소회 3
- 예수님께서 가라스대 내가 이제 다 이루었노라(요한 19:30) -

수보리여 나는 말한 것도 없고
입으로 공덕을 쌓은 것도 없도다
일체중생은 모두 제각각 알아서
성불하기로 되어 있단다
단지 그 길이 멀고 멀 뿐
설한다고 짧아지지 않는단다

모든 것을 다 이루기는 벌써부터
하늘님 품안에 정해져 있었던 것
태어남도 죽음도 다시 태어남도
다 하늘님의 한없는 공덕이니
단지 너의 마음 등불삼아
정진 또 정진 그밖에 없느니라

나는 이룬 것 하나도 없느니라
그래서 행복하느니.

# 금강경 소회

모든 사물은 사물이 아니라고
모든 고통은 고통이 아니라고
보여 줄 마음 하나 없다고
원래부터 불편한 마음 없으니
여래를 보고 나면 안심이라고
편안한 마음 된다고 말하지만

나도 모르는 내 마음은
어찌 이리 슬픈지요.
왜 마음은 하루하루
눈물인지요

# 가부좌 1
- 유마경을 읽고 -


고요한 마음 지닐 수 없어
무릎 포개고 삼매에 들었다
그러나 몸은 좌불안석
마음 잡혀지지 않는다
불편한 마음 하나 없다고
마음은 원래 없는 것이라
아무리 다짐해 보아도
몸 모아지지 않는다
마음 없어지지 않는다

번뇌가 열반이라고 하지만
번뇌도 열반도 없는 것이라
말들은 살아 있지만 세상은
태워야 할 번뇌 너무 많아
열반인 경우 별로 없었다

세상 만만한 것 하나도 없다
번뇌도 열반만큼 쉽지 않으나
번뇌가 열반되는 것 참으로
어렵다

# 가부좌 2

- 유마경을 읽고 -


아무 생각도 하지 않겠습니다
화두 같은 것 들지 않겠습니다
사치입니다. 밥 먹을 수 있어도
잠깐 앉아 머리 식힐 수 있어도
분에 넘치는 편안함입니다
아귀지옥 살다 보면 마음
이미 천근만근입니다

좌선과 화두로 무거워진
이 세상 더 이상 무겁게
하지 않겠습니다

그냥
살다가 가겠습니다

## 열반경 소회

너무 서러워 말아라
어차피 한 줌 흙인
삶이 아니었더냐
모든 것 사라지나니
뭇 죽음 또한 하늘이
예비하신 길이니

유미죽 한 그릇으로
소생한 내가 아니더냐
수자타의 공덕으로
성불한 내가 아니더냐

공덕을 쌓은 적
하나도 없나니
불법을 말한 적
하나도 없나니

생사를 여위는
즐거운 이 시간
오로지 춘다여
그대의 공양으로

살아서는 알지 못하고
갈 수도 없는 길
찾아 떠난다

사라나무 아래
오른쪽으로 편안히
몸과 맘을 누이고
자등명 자귀의
법등명 법귀의

모든 것은 사라지나니
여래는 깨달음의 지혜이니
여래 또한 사라지리니

# 전해지지 않은 부처의 유언

몸 받아 한평생 살았으면 되었지
무슨 억하심정 우여곡절 많아
성불까지 하려고 안달일까
개돼지로 살아가기도 하는데

깨달으면 좋겠지만
깨달아 뭐하려고
성불하려 애쓰지도 말고
그냥 한 번 살다 가시게

편하면 되었지
장좌불와 좌탈입망
나처럼 편하게 누워보시게
많은 것 그냥 좋다고 해보시게

가끔
해 저무는 들녘 보았으면
그걸로 되었다하고 그냥
갈 길 가면 되시네

무슨 길 펼쳐질지

잘 알지는 못해도
환한 웃음으로
그냥 떠나면 되시네

깨달을 것 많아도
깨달아도 못 알아도
그냥 살면 되시네

## 숭늉 그릇이라 아니라 하지도 말고

그저 왔다 갔다가 하는 것이라고 합시다
오고 가는 것 모두 좋은 것이라고 합시다
숭늉 그릇이면 어떻고 아니면 어떠합니까?
물만 마시면 되지, 한평생 놀다 가면 되지
모든 것이 꽉 차거나 또는 꽉 비어도
우리 알 바 아닙니다

## 여래의 마음

안 비추이면 어떠한가?
보는 이 없으면 또 어떠한가?

깨달으면 어떻고
깨닫지 않으면 어떠한가?
삼세제불이 다 중생인 것을

## 달마의 9년 면벽

위와 아래, 너비까지 포함해서 주먹만큼도 안 되는 집에서
뿌리를 틀고 봄, 여름, 가을, 겨울 추우나 더우나 쓸쓸해도
물만 먹고 바람과 햇빛을 오로지 친구삼아 허공을 벽 삼아
나를 지켜주던 조그만 선인장. 장좌불와 행공 몇 년이던가
수북하게 아름다운 가시, 간혹 새빨간 꽃 뿜어 올려 말없이
나를 지켜주던 선인장

고맙다, 사랑한다
내 창가에 피었던 부처님

# 춘다의 공양

대장장이 춘다는 몰랐다
그가 성심으로 올린 죽 한 사발이
부처를 죽게 만들 줄은
쉰 죽 한 사발이 열반이라니
기가 막혔지만 그는 만족했다
연 따라 하늘이 정하신 바이다
자등명(自燈明) 법등명(法燈明)
자신을 의지하고 법을 의지하니

# 착한 당신

착한 당신
다시는 여기 오지 마
언제나 중생은 아픔이고
슬픔 아닌 것 아닐 텐데
일체유정 빛을 느낄 때까지
성불하지 않을 필요도 없고
인욕과 인고의 아수라장
다시 올 필요 또 없지만

착한 당신 또다시 태어나
아수라 사랑으로 다시 와
안 먹고 안 사랑하고
폐 안 끼칠 수 있을 때
다시 와, 착한 당신

## 중생의 서원

- 일체유정이 성불할 때까지 나 환생을 그치지 않으리라(법장
보살의 서원) -

나 다시는 태어나지 않으리
다시 태어나 희로애락 물들지 않고
미나리며 김치며 닭이며 돼지며
탐하지 아니하여 욕심내지 아니하여
나 다시는 아무것으로도 몸 입지 않아
아무런 귀여운 태(態) 걸치지 않아
춥고 배고프고 아프고 슬프지도 않아
홀로 독야청청 마음 편히 저승에서 살아
누대에 누대를 걸쳐 환생하지 않을 복락
가슴 속 깊이깊이 새겨 뼛속 깊이 새기어

아비규환 축생지옥 개똥밭에 구르지 않으리라
환장할 환생, 거듭되는 생명의 순환고리들
다시는 누구의 아비, 어미, 딸, 아들로도
누구의 그 무엇으로도 태어나지 않아
중생의 고통 처절하게 외면하리라
혼자서 함포고복, 잘 먹고 잘 살리라

# 불 들어온다

척추에 이어 발고락으로 심장으로 머리로 불 들어온다. 조금씩 내가 없어지기 시작한다. 풋풋한 허파와 심장, 하루를 책임졌던 간담, 라면에 김치찌개에 행복했던 위장, 하루를 걸러냈던 오줌구멍도 조금 있으면 지지직거리며 쪼그라들고 나는 그야말로 무사유의 한줌 가루가 되어 도솔을 지나 아미타바의 서쪽 하늘을 곧 날게 될 것이다. 장엄한 빛에 휩싸여 이제야 비로소 쉬게 될 것이다. 더 이상 생각도 없고 죽음도 없고 삶도 없고 그래도 한 줌의 사랑만큼은 있어야 하는 곳으로 나는 빛이 되어 날아 들어간다. 그걸로 되었다. 죽어서도 나는 내 마음을 들여다보아야 하는 마음 챙김의 행자일 뿐, 더 이상 바랄 것은 없을 것 같다.

제3부 죽음시 편

# 먹다 버린 천도복숭아

칼끝으로 얇게 저며
새하얀 살 드러내어
아삭아삭 먹다 버린
천도복숭아

육즙도 많기도 해라
바글바글 알에서 깨어난
무한광명 천도 날타리

하루만의 생명으로
무한 천공 수놓아
한낱 한날의 죽음
노래하는 천도 날타리

연분홍 새빨간 두 눈으로
수삼의 다리와 엷은 날개로
삶과 죽음 희희낙락
하늘 길 부유하는

닐리리
날타리

# 핵의 묵시록

생명이 없으니
죽음도 없다
태어남도 없다
윤회도 해탈도 없다
아무 생명도 없으니
별유천지 비인간
인간세상 아니다

별만 가득한 천지가 되었다
더 이상 창조는 없으리라
더 이상 깨달음 없으리라

# 나는 내 영혼을

## - 죽으면 죽음이 없으리라 -

기억하지 못하면 어떠하리
흩어져 사라지면 어떠하리

죽어 기억하지 못하면
영혼 따윈 원래 없는 것
원래 없었으니 없어져도
밑질 것 하나도 없는 법

죽어 기억이 있다면
영혼이 있는 것이고
죽었다는 것 알아도
죽음은 없는 법

죽어서 없으면 죽음이 없듯
죽어서 있어도 죽음이 없듯

내 영혼 흩어져 나 잃어버려도
내 영혼 변하여 나를 몰라보아도

나 죽어도 좋으리
나 살아도 좋으리
더 이상 사랑하지 않아도 된다면

# 체르노빌

1.

우리 하나도 남지 않아 멸종한 후에도
풀들과 나무들은 자라고 있을 것이다
우리들 가고 난 후에도 여전할 것이다

아무도 기억하지 않을
지구별의 삶과 사랑
우리들의 노래는
끝이 날 것이다

기억할 이 아무도 없으면 어떠하리
수천 년 동안 많은 사랑 해보았으니
좋았고 행복했고 바랄 것 없었으니


2.

그러나 눈물 여전히 흘러
흐르는 눈물 내를 이루어
또 다른 은하수 되고
또 다른 생명 되어

또 체르노빌 되어도

눈물 마르지 않아
우리들의 노래
여전히 들릴 것이다

# DNA의 여정

1.

수십억 만 년 지긋지긋 살고 있는 중이다
태초의 가스와 번개와 물의 세례 견디어
우주는 수억 번의 환생을 거듭하였다

수많은 창조와 멸망을 목도한 장본인
나를 통하여 세상은 분홍의 살빛으로
연연히 이어지리니

태어나라
물것, 땅것, 날것, 모를것
비천함 떨치고 빛 되어
영원한 삶 이르기까지


2.

절대로 죽지 않을 것이다
죽어 만나 물어볼 사람들
억수로 천지로 많아

이 세상 저 세상
태어나고 가는 이유

가족으로 모인 부모형제
아내와 자식과 친구들
왜들 만나고 헤어지는지
언제나 실패하는 사랑은
얼마나 계속해야 되는지

해와 달 왜 세상을 비추었는지
새들은 왜 날마다 노래하였는지
꽃들은 어떻게 어찌 피어났는지
바다는 왜 영원을 속삭였는지

알 때까지
알 때까지
죽어도 죽지 않을 것이다


3.

한결 꿈속에서도
죽음 가운데서도
다른 세계 열리면
당당히 걸어가리라

설령 그것이
수십억 년 진화한 DNA의 사기거나
뇌신경의 불가피한 화학작용이라도

# 인간의 탄생

- 1992년 프랑스 연구진이 발표한 논문에 의하면 1975년에 30세가 된 1945년생 남성들의 정자 수가 정액 1밀리리터당 평균 1억 2백만 마리인데 1992년에 30세가 된 1962년 남성들의 정자 수는 5천1백만 마리였다(최재천 교수의 『생명이 있는 것은 아름답다』에서). -


평균 수십 억 대 1 또는 2의 경쟁을 거치고
굽이굽이 365일 수많은 영겁의 날을 휘돌아
지구로 귀환하는 자랑스러운 우리의 용사들
갈수록 희미해지는 전생의 기억들을 더듬어
무한천공 안드로메다은하 지나 북극성 건너
해님과 달님에게 인사하며 지구로 내려오는
아 눈이 부시게 흩어지는 아름다운 별님들
도솔천의 기억은 삼사라에 다 주어버리고
마음을 없이하여 마음 없는 몸에게 모두
주어버리는 보시의 황홀한 순간들
장하다 그 모습, 인간의 탄생이었다.

# 지나가는 개를 보며
- 유전자의 신비에 대한 단상 -


그럴 것이다. 한평생 개로 태어나
개같이 살다가는 그의 삶은 마치
조물주가 한평생 그렇게 살도록
만들어 DNA의 명령에 따라
견생을 살아왔을 뿐
개의 삶이 다하는 날
윤회와 해탈 따윈
전혀 없을 것이다

견생이 끝나는 날
세상은 돌기를 그치고
그는 죽어 진정으로
행복할 것이다

# 하루싱이의 기화

- 2009.1.12 MBC 물의 여행을 보고 -


아무도 기억해 주는 이 없다
나의 이름 불러 주지 않는다
나는 하루살이 하루싱이
허락된 9월 중순의 어느 하루
하늘이 주신 기적 같은 8시간
영겁에 버금간다

강바닥에서 둥지를 틀어 빛 좋은 어느 하루
운 좋게 수정되어 유충으로 떠돌던 수 삼년
나는 우주의 전파통신 장치를 내장한
위대한 하루싱이, 생사에 아랑곳없이
창조주의 뜻을 봉행하여 지구에 잠행
임무를 완성하고 나면 사라진다

한 줌 구설수 없이
오고 간 흔적 하나
남김없이

# DNA 혹은 여래장에 대한 사념
- "이기적 유전자"를 설명하는 최재천 교수의 강의를 듣고 -


DNA가 우리에게 말한 적이 있는가?
우리가 DNA의 코드와 명령대로
살고 있다는 것을

우리는 아무것도 아니고
단지 DNA의 종이라고 듣는 순간
한 대학원생은 삶의 의미를 잃어버렸고
혹자는 우울증에 걸려 삶이 허무였으니

딴에는 DNA야말로
전생의 기억이고 여래장이고
우리의 전생이라는 생각에
화들짝 놀라 물어보았다

그러나 DNA는 말이 없었으니
진화생물학자든, 여래장의 주장자든
그들은 아무것도 아는 것 없었다
단지 추측이었다
태초에 하나의 세포가 있었단다

본 적도 없었으면서
사람들은 말을 참
잘 지어낸다

하나님이든
부처님이든
말한 적 없다
DNA도 여전히
침묵하고 있다

# 홍합탕

온몸을 다해 내가 이루어 놓은 탕국이다.
사력을 다해 젖 먹던 힘까지 쓰고 또 쓰고
내장이며 등골이며 머리와 발까지 알몸되어
조리며 우러난 나의 국물 맛을 보거라

그리하여 너희들 매사와 범사에 감사할지니
설령 너희가 절망에 빠져 사경을 헤맬 때도
생각하라, 세상에 너희들을 위하여 몸 바친
없는 영혼까지 꾸어다 바친
나 홍합이 있었다는 사실을

# 무한정 리필에 몸 바친 홍합의 노래

얼마나 많은 플랑크톤들로 나는 연명해왔는가?
하나요, 열이요, 백이요, 천이요, 수억을 넘는구나.
삶 가운데 죽음이 있고, 죽음으로 삶은 다시 시작된단다

나 살아서 빚 많이 졌으므로
죽어서도 빚 갚으며 살리라
나를 위해 죽어간 수억의
플랑크톤들에게

# 포항 참문어

초장에 영혼은 어디로 갔을까?
막장 삶을 살았던 나는 참문어
지금은 공판장 바닥에 누어
갈구리로 잡히어 마지막 숨을
들이시고 내시지만, 나는 한때
바다의 왕자, 마린 보이
바다의 공주, 인어 걸
거칠 것 없는 삶을 살았도다
폼 나는 삶을 살았도다

한때는 바다의 지배자였던
나의 살을 뜯으며 기억하라
너희들이 먹는 것은
나의 살만이 아니라
바다의 한 때이었음을

# 광어 한 점


몰랐다

내 앞에 놓여있는 미끈한 회 한 점
머리 잘라 창자 꺼내 살 저미면
연한 살빛 출렁이는 광어의 최후

얼마나 아팠을까
그가 흰 살로
자유를 찾기까지는

# 연어의 생각

나의 몸이 부식하여 플랑크톤으로 흘러
부화될 나의 아이들이 다시 먹는다면
그들은 곧 나의 마음을 먹는 것
나는 자식들 가운데서 영원하리라

4년을 기다려 물길 거슬러
마침내 이루는 소신공양
죽어 살고야 마는 화엄불광
아름답고 아름다워라
찬미할지어다

# 조물주의 신비

무엇이 그리 어려울까?
겨울을 넘어 봄으로
철마다 피는 꽃 보면
기적이 따로 없다

겨울을 품어 밀어내는
저 꽃봉오리 비하면
생사윤회도 부활도
하나 어렵지 않다

# 로봇에 대한 단상

모든 것 풍족해질 AI의 시대다
로봇들은 끊임없이 진화해왔다
협동과 산업과 지능 로봇들,
이족 로봇 휴머노이드까지
무소불위 기염 토하고 있다

그런데 나는 로봇도 많이 크면
죽음의 공포를 느낄 것이라는
생각에 가슴이 철렁해졌다
로봇이 느끼는 죽음만큼
죽음의 수 늘어날 것이다

플라스틱과 철들로 모인 인공지능이
사고와 감정을 스스로 만들어내는 것은
음양오행의 생화학 작용으로 뇌가 생겨
영혼이 있게 된다는 착각과 비슷하다

그러나 로봇만큼은 감정이 없어
죽음 없는 삶 살았으면 한다
영혼 없어도 니르바나 없어도
그만큼은 춥고 배고픔도 없는

사람 같은 삶
살지 않았으면 한다
사랑 같은 것 하지 않았으면 한다

# 귀신 보기

나는 한동안 귀신을 보는 것이야말로
목숨 받아 한평생 방황하는 자들의
가장 큰 축복일 수도 있다는 생각을
해 본 적이 있다

세상을 다녀가는 이유
사랑하고 미워하는 이유
어찌하여 남의 살과 피로
우리들의 삶 이어지는지
정말로 알고 싶었다

한 번쯤 보아야 할 귀신은 나에게
저세상이 있다는 증거이기도 했다
그러나 막상 귀신을 만나기도 전에
두렵고 무섭기도 하고 그들처럼 나도
죽어서까지 생각을 한다고 생각하니
영원한 저세상 악몽일 수 있었다

저세상 있으면 더 갑갑할 것 같았다
영생한다는 영혼 있으면 왠지
지겨울 것 같았다, 아무것도

없으면 좋을 것 같았다

아는 것들 이미 정해져 있었고
물어야 할 질문들 뭔지 몰랐다
이 세상 저세상도 모를 일이다
귀신들도 도움이 되지 않았다

저세상 별 볼 일 없었다
귀신 보아도 소용없었다
있으나 마나 한 세상이었다
천국은

# 우리들 맘대로

화장인들 어떠하리
매장인들 어떠하리
조장인들 어떠하리

어차피 우리
썩거나 불태워져
없어지면, 모든 것
황인데

형편 닿는 대로
구더기 만나면 손발 떼어 주고
불구덩이 만나면 심장 떠주고
독수리 만나면 살점 내어주고

집착이건 해탈이건
죽을 때는 맘대로
세세연년 맘대로

# 창피한 줄 알아라

창피한 줄 알아라
눈만 껌벅이는 소들도
한번 울고 그냥 간단다
하루를 사는 날타리도
눈 한번 지그시 감고
두말없이 간단다

하물며 미물보다 못한
사람이던가, 떠날 때 오면
세상 억장 무너져
가슴 졸이는 것 보면

창피한 줄 알아라
다음 생에서는
인간 되지 말아라

# 귀향

나 이제 돌아가리
분에 넘치게 받았던 삶
더 이상 받지 않으리
있는 듯 없는 듯 날숨들숨
어디서든 있어 주었던 물에게
폐 끼치지 아니하리

바빴던 위장은 한동안
디딤돌 되었던 흙에게
마음 부풀렸던 폐장은
하늘 가득한 허공에
기쁨조 신장과 방광은
흐르기만 하는 강물에게
성내기 잘했던 간담은
그늘막이 나무들에게
마지막 남은 심장은
불꽃을 주셨던 하늘에
되돌리고

철새 되어 떠나면
돌아가 돌아오지 않으리라

목화토금수 별 무리 이루고
유체들 모여 그리움 이루어도

# 벽제 화장터에서

마지막 살덩이 내어놓는다
속죄는 되지 않겠지만
내어줄 것 이것밖에 없다

하늘이 흐리다
흐르는 연기

더 이상 보지 않아도 되어
더 사랑하지 않아도 되어
영영 고맙다

# 개똥밭에 굴러도

비워야 된다
비워야 된다
마음은 굴뚝같아도
잘되지 않는다

미련이 있는 거다
황금빛 개똥밭에
금싸라기 세상에

# 천장(天葬) I

### 1.

언제일까?
무거운 몸 벗고
무한천공 새 되어
날아갈 그때는?

### 2.

그래 이제 가자
서러운 몸 벗고
안식과 생명 있는
무한천공 눈부신
무사랑 그 세계로

### 3.

지나 보니 아득하다
사랑으로 언제 만나
사랑으로 헤어지며
눈물 흘렸던가

사랑 없어도 좋은
환한 나라
가리라

벚꽃 휘날릴 봄밤
새들이 날면

# 천장(天葬) II

내 죄가 무엇이뇨
잡아 죽인 파리며 모기며
잡아먹은 소 돼지 얼마나 될까?

그렇게 많은 생명 먹은 줄 몰랐다
그렇게 많은 생명 죽인 줄 몰랐다
할 줄 아는 것 신세 한탄밖에 없었다

무엇으로 갚으리
무엇으로 갚으리

끝까지 살아남아
천년만년 세세연연
태어나고 또 태어나
갚으리 갚으리

수천 번 환생으로
비루한 몸뚱이로

# 천장(天葬) III

그가 쪼고 있는 것은
내 눈과 입만이 아니다

평생 좋은 눈빛과
향내 나는 입술로
살지 못했던 내 마음
쪼아 주고 있는 것이다

# 천장(天葬) IV

- 이제는 내가 사는 것이 아니라 내 안에 그리스도께서 사시는 것이라(갈라디아 2:20) -


너희는 모두 이것을 받아먹어라
너희를 위하여 흘리는 살과 피이니
하늘 독수리 나의 몸을 쪼듯
너희가 이것을 받아먹으면

아비는 이제 아들이 되는 것이니
나는 너희 안에 사는 것이니

# 원죄

어디 하나
남의 것 아닌 것
하나도 없으니

우리가 일용하는
삼겹살이며 상추며
파 마늘과 풋고추들

애초에 내 것 하나도 없었다
남의 살과 남의 삶들이었다
내 목숨도 나의 것 아니었다

어찌 할 것인가?
산목숨 끊을 수 없고
죽음은 아직 멀리 있으니

# 까르푸

## 1.

일순간 즐기지 못하면
순간을 사랑하지 못하면
순간이 순간이 아니면
영원히 영원은 없다

기쁨도 슬픔도 고통도
세상의 온갖 부귀영화도
일장춘몽에 남가지몽이니
모든 것은 지나가리니

그러므로 즐겨라, 순간을
영원은 순간에 지나지 않나니
한순간 삶은 영원에 값하나니
순간은 순간만으로 족하나니

## 2.

우리들의 진열대를 선홍의 빛으로
채우고 있는 허파며 간이며 위장들

우리들의 널려 있는 속살 가운데서
삶의 진한 향기를 맡아라
그리고 행복하여라

모든 살아있는 것은 행복하나니
최선을 다하는
까르푸 디엠


3.

오늘도 목숨 건 하루하루
자동차들은 잘도 지나가고
순간이 없으면 영원도 없나니
OECD 국가 중 차량 사망률
사고사, 질병사, 자연사를 합한
사망 확률 한민족 공히 100%

모든 것은 완벽하고 또 완벽할지니
무심한 하늘님 품 안에서 모든 것
보시기에 참으로 좋았다 말하리라

## 파리의 최후 1

최후라고 말해다오
그 오랜 인고의 세월
홀연한 하루 솟아 나와
날아오는 파리채에
한 평생 마감하는
영원 같았던 삶

무슨 일을 당하더라도
너희 생각 많은 인간들
아파하고 슬퍼하지 말지니
하루를 살고 가는 나에게
너희들의 절망과 슬픔은
과하다 사치인 것 같다.
뻥치는 소리로 들린다


## 파리의 최후 2

나는
하루를 최후로 사는
도통한 수행승

삶과 죽음은 미몽 같아라
한 수유 고통의 삶 지나면
적멸의 죽음이 오리니

나는 웃으며 죽을 수 있으리

비록 나의 최후가
피 빨다가 얻어터져
사경을 헤매다 추락하는
흡혈의 벌레로 마감되어도

아무 생각 없었음으로
행복하였노라


## 파리의 최후 3
- 수보리야 네가 정말로 깨달은 것이 있다 하면 너는 하나도 깨달
은 것이 없느니라(금강경의 변주) -


나는 무소유와 무사유의
위대한 경지에 이른 벌레
우리의 삶은
만드신 법칙에 따라
살다 가면 그뿐인 것

인간 중에는
아무 경지를 모르는
나의 경지에 이른 자 없도다
그것으로 되었다

## 도둑놈 심보 1

밟아 죽여라 꼬실려 죽여라
삶아 죽여라 회 떠 죽여라
쌀 도둑인지도 모르고
어느새 나는 염치없는
살충인, 살어인, 살육인
살인귀가 되어 있었다


## 도둑놈 심보 2

남의 죽음은 별것 아니라면서
남의 살은 좋아 사족을 못 쓰지만
자기 살은 떼어 남 주기 벌벌 떨며
자기 죽음은 벌벌 떠는 못난 위인들
그 이름 사람이라 했다

# 스티븐스 풍 파리 황제의 노래

비명횡사의 운명을 타고난
나는 나의 삶을 누리게 하라

모든 지나가는 것은 아름답나니
머물지 않는 것은 아름다웁나니

하루하루 지나가는 나의 삶들이
스치는 별 무리에 기억되게 하라

비록 지상에서의 우리들의 삶이
파리채에 맞아 끝장을 본다 해도

살아있는 그 순간 없다면
영원도 있지 않는 법이니

막막한 순간은 불사의 영원 되어라
지겨운 영원은 찬란한 순간 되어라


[20세기 미국의 시인 Wallace Stevens, 철학적 명상시를 쓴 것으로 유명
하다.]

# 스티븐스 풍 인간의 노래

나는야 파리를 열반으로 보내는
무소불위 권력자, 본좌 앞에서는
어떤 파리도 폼 잡을 수 없을지니

빠르기는 제우스의 번갯불 같고
화낼 때는 분노의 야훼 버금간다

오뉴월 파리들
추풍낙엽 골로 보내는

나는 파리채를 휘두르는
전지전능 인간이다

# 모기의 공포

한순간 또 한순간
죽기 아니면 살기다
한 모금 흡혈의 빨대
꽂을 때마다 두렵지만
목숨 건 잠행을 했다
목숨 건 삶 아름다웠다

날아오는 손 찜에
쏘아오는 분무기에
혹 골로 가는 전기채에
부들부들 떨려왔지만
목숨 걸지 않은 삶
애시당초 없었다고
죽으면 열반이라고
다른 삶 받으면 된다고
짧아서 새삼 영원하다고
아무리 구라를 떨어도

너희 사람들이
모기의 삶을 알까
하루에도 수천 번

열반과 윤회 줄타기하는
빨대 모기의 삶을

## 자이나교도의 파계 1

여름 새벽 3시
귓가를 어지럽히는 흡혈귀
나무아미타불 도로아미타불
저것을 때려죽여라 죽여
내 피를 흥건하게 뱉어내
짓뭉겨 작살을 내
살심 품은 밤 끝없다

어찌할까
축생과 지옥의 인간세


## 자이나교도의 파계 2

나의 가려움이 너에게는
200명의 자식 목숨이구나
독가스를 살포하고 모기채로 때려잡아
납작하게 해줄까? 피 토하게 해줄까?
아니면 200의 삶을 너에게 줄까?

번민에 빠진 수도승은
아직도 가부좌를 풀지 못한다

# 화장의 변

한 십 년 누워 있다가
모든 것 지겨워질 때
사라져 없어지고 싶을 때

무덤을 부는 바람에게
말해봐

이제 그만
떠나고 싶다고
그만 일어나
가고 싶다고

노을빛 고운
서쪽 하늘로

# 쪼로록 나오는 오줌발을 바라보며


오줌을 누며 나는 생각했다
뭐 하나 하늘님의 공덕으로
이루어지지 않은 것 없구나
아무리 머리 굴려도
하늘님 만드신 세상
알 수가 없구나
하늘님 입에 담기도
존귀와 찬양 드리기에도
위대한 존재이시구나

오줌을 누며 나는
나 자신이 한없이
부끄러웠다, 그리고
행복했다

## 남들 다 가는 저승이지만

남들 다 가는 저승이지만
살면서 죄 많이 지어
지옥에 가기도 부족한
나

거기라도 받아만 준다면
고기며 밥이며 물 없어도
금과 은 그곳 없어도
사는 재미 하나 없어도

펄펄 끓는 유황불 지옥이라도
먹을 것도 없고 잠도 없이
영생을 벌로 받은
죽음 지옥이라도

바람만 조금 불어준다면
못이기는 척, 못 사는 척
살아갈 수 있을 것 같다

그곳이 비록

죽음이 없는
무간지옥이라도

## 황제 펭귄의 여정


단 한 번뿐인 사랑이다.
수정의 짧은 몇 초 지나
산란의 몇 날밤 지나면
만나자마자 이별이다
만나자는 말 하지 않는다
망망한 바다에서 살아남아
다시 만날 확률 제로이다

알 하나 달랑 남겨놓고
짝들이 말없이 떠난
남극의 몇 날 몇 밤
혹한의 4개월
눕지도 않고
먹지도 않아

묵언의 장좌불와
묵식의 좌탈입망
찬송할지로다
펭귄의 신비를

아델만 펭귄이 떠난 후

서릿발 남극은 아비들의
망부석으로 가득하다

# 시한부^^ 판정

태어날 때부터 시한부라고
무시무시한 판정을 받았다

가족력 없고 사고 없고 무리 안 하고
건강 챙기고 많이 웃고 돈도 있으면 80이란다
어쩌다 잘하면 팔팔하게 99세도 될 수 있단다

사형수에게 죽을 날 알려주는 것
금수와 축생과 아귀들이 아닌 이상
사람으로 해서는 안 되는 일이다

뭇사람들도 전부 시한부라는 것
탄생의 순간이 죽음의 순간이라
삶은 연기된 죽음이라 알리는 것
이보다 무자비한 것은 없다

우리들은 모두 죽지만
천년만년 살 줄 안다
하루가 최후의 날이지만
모르는 척하고 산다

몰라서 약이니
행복도 할 때 있다

# 절망하지 않는 이유

다시 절망에 빠졌을 때
절망에서 나를 구원한 것은
미래에 대한 희망이 아니라
죽음에 대한 생각이었다

엉뚱하게도 나는
실낱같은 희망이 아니라
죽음과 싸움을 하고 있었다
지금의 절망 못 이겨내면
언제가 찾아올 죽음
이겨 낼 수 없는 법이었다

죽기 아니면 살기였다
죽기까지 하는데
못 살게 무어냐고
밤새 마음을 다졌다

죽음이 접수가 되니
모든 것 해결되었다
살 수 있을 것 같았다.
나름대로 사람들은 힘들었고

못났다 잘났다 말할 수 없었다.
찾아올 죽음 부끄럽지 않게
어떻게든 살아야 한다고

끝까지 살아남아야 저승길
편안히 갈 수 있다고
생각을 더 하다 보니
어느덧 죽음이 편안해졌다

# 무한광명 날타리

예금도 없고 집도 없다
걱정도 없다, 죽여주면
사라져주면 된다

머리 누일 곳 없어도
들에 핀 백합처럼
천부께서 나를 먹이고
살리고 죽이시니

섭섭이야 하지만
이 모든 것
신의 은총

나는
하루를 살아도
불만 없는
광명 날타리

초가을 하늘빛
하루만 날아도

좋다고 말하는
광명 날타리

# 주검

죽은 사람은 가만있는데
왜 산 사람들이 울고불고
야단법석일까?

혹 자기들도 죽을까봐?

# 자살

못 살게 무어냐?
개돼지도 사는데
영혼 없는 돌도 사는데

한평생 한 자리 움직이지 않는
물과 공기만으로 허기를 채우는
나무들도 사는데

## 나는 가끔 이상해요

어떻게 우리가 한 끼 밥을 먹고 있는지
한 끼를 위해 목숨을 바친 수많은 동식물들
그들을 생각하면 콱 죽는 것도 괜찮구나 생각해요
다시는 정을 받아 생명으로 태어나지 않겠다 다짐해요
수많은 결혼식과 돌잔치와 장례식장을 오고 가며 이상해요
왜 살아가고 있는지 정말 모르겠어요, 죽는 것은 더욱 모르겠고
모르는 것도 좋은 것이라고 굳이 자위해 보지만 체념이겠지요
삶이란

# 김치찌개 원 없이 먹어 보았다고

한평생 살면서 무엇 하나
좋았던 것 있냐고 물으면
저승판관에게 말하리라

김치찌개 원 없이 먹어 보았다고
라면 한번 푸지게 먹어 보았다고
낙엽 한번 실컷 밟아 보았다고
18번 한번 뽑아 보았다고
원 없다고

다시는 태어나지
않아도 된다고

# 죽어 다른 세상 있어도

죽어 다른 세상 있어도
다시 태어나는 길 있어도
저승판관 허락해 준다면
이 세상에 혹 온다 해도
사람으로는 오지 않겠다

사랑으로 모든 것을
판치지 않아도 되는
태생의 묵언, 묵식, 묵색의
나무 같은 것이면 좋겠다

애써 수행하지 않아도
저절로 부처가 되는
나무

사람으로 살지만 않으면
다시 태어나도 괜찮겠다

# 낙엽

긴긴 여행 시작되고 있다
허공을 날며 이승의 마지막
희희낙락 햇살로 휘감으며
공중부양의 바람개비 되어
한가을 하늘로 펼쳐지는
수많은 낙엽들의 신바람

어디서 왔는지 몰라도
어디로 가는지 몰라도
머물러서 좋았다고
떨어져서 고맙다고

내년에는 영영
다시 보지 말자고

# 사는 법
### - 강은교에 의한 변주 -


슬픔도 고통도 있어야
맛깔나는 세상이다
만남과 헤어짐 있어야
재미나는 세상이다

그러니
되는대로 살아갈 것
절대로 도통하지 말 것
번뇌하며 삶을 즐길 것

죽다 태어나길 반복하여
가끔은 해탈도 하면서
끝까지 죽지도 살지도 말아
살면 살고 죽으면 죽어갈 것

바라지 말고
흐르는 대로

혹 쓸쓸해지면
해 저문 들녘

바라만 보다가

별이 뜨면 또
바라만 보다가

# 뉴욕 캣츠킬 마운틴 백림사 백중 초제

산 자들 저마다의 기억을 안고서
떠나버린 이 마음에 새기기 바빴고
망자들 불러내는 스님의 독경소리
처량하기 그지없었다

몰랐었다 많은 사람들 죽어 있었다.
날은 흐려 그들을 위한 비 끊임없었다

# 나 이제

아무것으로도 태어나지 않으리
마음대로 되는 것 아니겠지만
허락해 주신다면

그 무엇으로도
목숨 받지 않아
영원히 죽으리라
죽어 잘 살리라

복되신 마리아여
서천의 아미타여

그러니 다만
허락해 주옵소서
뭇생명들의
간절한 소망

영원한 죽음을

# 낙엽처럼 갈 수 있을까?


낙엽들은 안 아픈 줄 알았다.
휘황찬란 하늘을 덮으며
살아있는 모든 것들 그만
만족하라고, 행복하라고
가을을 주었던 낙엽들

햇살들 바람에 흩어지면
아프고 슬플 만도 하지만
무언으로 이룩하는 만산홍엽
사라져야 비로소 우수수
아름다워지는 낙엽들

아무 생각도 하지 않고
아무것도 남기지 않아
태생이 부처인 나무들이
내어주는 무심의 몸짓들

그들처럼 가고 싶었지만
그들이라고 안 아팠을까
생각이라고 아예 없었을까
안 아픈 척했을 것 같다

한해 내내
얼마나 힘들었을까
겨울 내내 엄동설한에
여름 한 철 뙤약볕에
비바람에 병충해에
근심 잘 날 없었다

한해 내내
얼마나 아팠을까
늘 한 곳 한 자리에 서서
눕지도 않고 자지도 않아
비와 바람과 햇빛으로만
피어나는 낙엽들

몰랐었다
살아가는 모든 것들
아프고 슬프다는 것을
혼자만 서럽고 외롭지
않았다는 것을

# 예수를 만나면 예수를 죽이고

권석우 시집

초판 1쇄 발행  2024년 2월 12일

**지은이**  권석우
**펴낸이**  장종표
**펴낸곳**  도서출판 청송재
**등록번호**  2020년 2월 11일 제2020-000023호
**주소**  서울시 송파구 송파대로 201 테라타워2-B동 1620호
**전화**  02-881-5761  팩스  02-881-5764
**홈페이지**  www.csjpub.com
**페이스북**  www.facebook.com/csjpub
**블로그**  blog.naver.com/campzang
**이메일**  sol@csjpub.com

ISBN 979-11-91883-20-6 03810